MARIA
LÚCIA
ALVIM

Bem-Te-Vi

MARIA LÚCIA ALVIM

XX SONETOS

coleção canto do bem-te-vi

índice

Para Ângela, minha irmã

– P'ra que me sonha a beleza,
Se a não posso transmigrar?...

MÁRIO DE SÁ-CARNEIRO

Vinde meu verso. Só eu vos assisto
e cresço em vosso halo e me adormeço
e faço da memória sem começo
a última enseada em que persisto.
Vinde meu verso. Pronto vos resisto
assim me calo perto vos esqueço
e sei destes mistérios imprevistos
ou súbito desvê-lo: meu avesso.
Falai de vossas cristas projetadas
além do vosso canto – destes medos
e nesta sempre espera renovada
em azuis pressentidos nos vargedos.
Perdi-vos ao saber vossa morada
de silêncios refiz vossos segredos.

NARCISO

O mon Désir, murmure à mon désir,
Quelle grand soif ma lèvre qui t'effleure
Se sent de moi que je ne puis saisir!...
Fils de lumière, image, songe ou leurre,
Narcisse aimé, si tu veux que je meure
Demeure songe et demeure désir!...

CANTATE DU NARCISSE | SCÈNE II
PAUL VALÉRY

I

Narciso – de ti alheia
sou imagem esclarecida –
visão que me viu primeira
em beleza precedida
– tu que o mistério refazes
na superfície do ser
de onde será que me trazes
esta certeza de ver?
Mais fácil talvez seria
minha visão transmudada
(eu sei que te perderia)
fosse sem ti acabada;
o que soubeste conter longe eu buscasse rever.

II

Estância de meu corpo (permanência
além da própria essência) hoje regresso
em órbita sem rumo e sem acesso
ao tempo improvisado só de ausência;
fora travo de sonho vã demência
estar em vosso bojo mais submerso
quando tudo gravita em mar disperso
alheio mesmo a sua transparência.
Presságios de ser: ermo labirinto
onde resvala a véspera do instinto
em cadeias de espanto nunca findo
qual teias imprecisas se insurgindo
pairando sobre neutra contextura
(ainda corpo) e nada se inaugura

III

Em sendo mais do que sou
já não alcanço momento
que sobreleve pairou
só no que sou pensamento;
buscara em mim padecendo
tudo que não me consinto
coisas que nunca sabendo
souberam tudo que sinto;
esbarro tão transparente
neste fundo que ficou
onde tudo passa rente
quando tão alheia estou
que percebi de repente
vida por mim que passou.

IV

Passei por mim: primeiro meu semblante
qual estrela caída em pleno dia
(que se não vê mas a ela só se via)
surgindo me fixou o seu instante;
depois meu corpo: mesmo assim errante
mais longas equivanças percorria
próximo a sua foz ou agonia
à espera de certeza bem distante;
sequer me perpetuo estando diante
da imagem a que pertenço pois deixara
no tempo a mais precisa e semelhante
– nem me importa o passar se me fez rara
mas de vontades sempre tão constante
que manhã não me vem só por ser clara.

V

O que antes fora espelhos (arremesso
num tempo sem memória) fez-se agora
alheia ressonância em que demora
a véspera do sonho – se me esqueço
mas afeita a esta ausência permaneço;
sou flanco e intermediário – e se me aflora
qual roteiro em meu corpo – e se incorpora
ao mais contido canto se anoiteço.
Estado de amor (cerco) talvez hora
nenhum cuidado geras desconheço
tua órbita de espanto transitória.
Enquanto só em vestígios transpareço
além novo sentido elabora:
assim gravitam coisas sem começo.

ONDE O TEMPO QUE ME DATE

Minhas mesmas emoções
São coisas que me acontecem

FERNANDO PESSOA

VI

Onde tempo que me date
e não me faça perder
quando no tempo me afaste
do que fui antes de ser
– esta vida que me assiste
não me deixa transmigrar
se perto amor me consiste
não me posso acrescentar;
renasce antigo erro: cedo
não distingo ser e medo
ou vontade de parar.
A nada me posso dar
se dependo de vontades
que reúnam essas metades.

VII

Amor razão das coisas imprecisas
buscando seus contornos ignorados
momentos onde estás imobilizas
o que em mim é querer recomeçado;
gravito assim em torno de teus medos
mas neles permaneço aprisionada
aquilo que assumiste são segredos
de outra vida talvez imaginada.
Os teus caminhos por mim presumidos
já muitos se fizeram percorridos
mas poucos me foram apaziguados
e pressinto teus mundos consumados
onde virei filtrar minha lembrança
para novo sentir que já me alcança.

VIII

Em coisas passadas estive
tão fora de mim que voltei
momento nenhum me detive
estando aquilo que sei
– mas em ter apenas deixado
espaços que sempre habitei
meu ser permanece voltado
a tudo que sendo fiquei;
enganos eu tive ao pensar
que a todo sentir me bastasse
o tempo que presenciei
ou mundos que pude ocupar

ah quando em morte me encontrasse
nesta vida onde não me achei.

IX

Tamanho mal – aquele que perdura
é quando seu penar não determina –
(ó peregrina ó face futura)
que tão próxima tanto se me inclina;
e mais me consome mais se depura
esta visão preclara que elimina
o perceber verdade já madura
onde tudo me excede após declina;
de tanto imaginar eu vou sentida
em nada me foi dado anteceder
este pairar em coisa pressentida
– um bem maior não posso pretender;
e longe do que fui mais esquecida
revejo um outro mal a conceber.

X

Sempre lembrado amor
perdi-vos que de tanto
marchetar minha dor
quedou-se meu espanto
ando em mim a supor
sem vestígios de pranto
qualquer coisa que for
maior que o desencanto;
não mais amor me obriga
dele ser avisada
se em meu peito castiga
o querer-me lembrada
por bem talvez consiga
ver-me desenganada.

XI

Eu quero reduzir minha estrutura
mas que seja de modo sobreleve
com gesto exato e com palavra breve
que sendo breve seja sempre pura;
meu verso virei a compreender
ou qualquer som perdido pela altura
quanto à cor ah que a cor seja o que dura
quando em mim tudo mais deixar de ver.
As coisas que souberam ser vividas
serão em seus instante percebidas
já muitas se refazem ao morrer;
assim eu poderei reconhecer
em meio ao que sou sempre se extinguindo
este ocaso de ser me ressurgindo.

XII

O olho transpõe a vidraça
e alcança o olhar – também
o pensamento se esgarça
fura vidraças – além
não há nada que refaça
memória se não me vem –
o que sou tão longe passa:
ao saber de mim ninguém
em certeza só trespassa
as outras que vivo sem
(ó visão – já me ultrapassa
o querer de mim alguém)
mas lentamente se embaça
se esvai o que olhar detém.

XIII

Os sonhos me perseguiram
eu não me pude ausentar
e quando bem me feriram
não os pude abandonar;
será que vida passando
não me consegue livrar?
Será que sonhos pensando
me impedirei de sonhar?
Há muito não percebia
no tempo sequer sentia
– peso das coisas pesar.
Tudo que me quis guardar
partiu-se em vários pedaços
de sonhos e de cansaços.

PROXIMIDADE

Para Sá de Miranda,
lembrando:

Desejos demasiados não
são desejos de vida

XIV

Quisera tanto que durasse
qualquer desejo em qualquer dia
que mesmo sendo em demasia
eu deles nunca me fartasse;
assim enquanto não houvesse
nada mais que vos sugerisse
então que a vida ressurgisse
e só desejos refizesse;
porque deixei vossa verdade
ó coisas já feitas de espera
quando sempre tudo soubera
tão cheio de realidade;

pois bem sei que ando consumida
mas por desejos que são vida.

XV

para meus pais

Ó súbitas manhãs ó madrugadas
resto de noite que ainda subsiste
entre tantas auroras consumadas
guardais essa beleza sempre triste;
não vindes nem de luas celebradas
nem sois enquanto a noite vos assiste
as vossas claridades prenunciadas
foram além do dia que não vistes;
em todas essas idas malfadadas
aos poucos vossa luz se dispersou
plantas noturnas vastas madrugadas
que alguma luz mais forte castigou
quando breve se viram apartadas
aurora sobrevém: e se fechou.

XVI

para Mário de Sá-Carneiro

Mário – abeira-se transitória
nau – *Indícios de Oiro* serão
durante viagem irrisória
as flores da tua intenção;
quando teu ser mais se incorpora
e a ti consome – perdição
(dardo de lâmina ilusória)
vai rompendo tua extensão.
Porém vida não consentida
teu silêncio quis aflorar
em árduas adagas urdida.
Mas neste seu antecipar
a morte qual rosa assumida
ao teu largo foi-se ofertar.

XVII

para Ângela, minha irmã

És no tempo o que passa mas flutuas
noutro tempo mais livre e permanente
onde ausente serias tu somente
a ser e demorar nas coisas tuas;
novos espaços te cercam – recua
também aquela ausência – consciente
projetas o teu gesto transparente
que vai além de ti e continua;
se viver não te basta nem situa
a forma do teu mundo inexistente
fizeste mais alheia a espera tua
neste andar pela vida descontente;
perduras incontida e insinuas
a vontade de ser em ti presente.

XVIII

para Lélia

Verbena (mas coisa vã)
imponderável alfaquim
numa imatura manhã
em breve azul de calim
talvez precária e malsã
quase prenúncio de mim
olho tangido (avelã)
implacável serafim.
Fora tempo infância – agora
grave sucinto demora –
e tudo se faz silente
sonhos ou canto de ausente
instantes revelam onde
o verso acode e responde.

XIX

para meu irmão Francisco

Em teu alheio remanso
o azul flutua no espaço
(meu arlequim de Picasso
esboça teu ar esconso)
venho colher este manso
e vago sentir de abraço
enquanto um sonho perfaço
de vogar em teu descanso.
O tempo fez-se promessa
em ledo brotar – o dia
a vida que se arremessa
onde dantes nada havia
assim chegaste; não cessa
querença por mais tardia.

SOBRE A AUTORA

Maria Lúcia Alvim nasceu a 24 de outubro de 1932, na cidade mineira de Araxá. Autodidata, abandonou a escola para se dedicar exclusivamente à poesia e à pintura. Realizou duas exposições de artes plásticas e publicou cinco livros de poesia. Atualmente divide seu tempo entre a cidade do Rio de Janeiro e uma fazenda no interior do estado.

editora responsável
VIVI NABUCO
editoria executiva
SEBASTIÃO LACERDA
assessor especial
FERNANDO PEDREIRA
assessoria jurídica
MANOEL NABUCO
design gráfico
RAUL LOUREIRO/ CLAUDIA WARRAK
desenho p. 6
HENRICO BIANCO
revisão
CLARISSE CINTRA
produção editorial e gráfica
MARCELLO BRAGA MACHADO
LIANA PÉROLA SCHIPPER
MARIANA FERREIRA DA SILVA

CIP-Brasil. Catalogação-na-fonte
Sindicato Nacional dos Editores de Livros, RJ
A483v

Alvim, Maria Lúcia
XX Sonetos, (1959) / Maria Lúcia Alvim.
— Rio de Janeiro: Bem-Te-Vi, 2011. 48 p.
(Canto do Bem-Te-Vi)

ISBN 978-85-88747-37-1

1. Poesia brasileira. I. Título. II. Série.

11-2111. CDD: 869.91
CDU: 821.134.3(81)-1

14.04.11 18.04.11 025798

BEM-TE-VI
PRODUÇÕES LITERÁRIAS
ESTRADA DA GÁVEA 712/402
SÃO CONRADO
RIO DE JANEIRO – RJ
CEP 22610-002
WWW.EDITORABEMTEVI.COM.BR
EMAIL: BEM-TE-VI@BEM-TE-VI.NET